AF592591

SECONDE

LETTRE PARTICULIÈRE

A PARIS,

CHEZ LES MARCHANDS DE NOUVEAUTÉS.

1820.

A PARIS, DE L'IMPRIMERIE DE A. BOBÉE,
RUE DE LA TABLETTERIE, N°. 9.

SECONDE

LETTRE PARTICULIÈRE.

Tours, 28 novembre 1820.

Vous êtes babillard et vous montrez mes lettres, ou bien vous les perdez ; elles vont de main en main et tombent dans les journaux. Le mal seroit petit si je ne vous mandois que les nouvelles du Pont-Neuf; mais de cette façon tout le monde sait nos affaires. Et croyez-vous, je vous prie, moi qui ai toujours fui la mauvaise compagnie, que je prenne plaisir à me voir dans la Gazette?

Notre vigne n'est point si chétive qu'on le voudroit bien faire croire. Les vieilles souches, à vrai dire, sont pourries jusqu'au cœur, et le fruit n'en vaut guères ; mais un jeune plant s'élève, qui va prendre le dessus et couvrir tout bientôt. Laissez-le croître avec cette vigueur, cette sève, seulement cinq ou six ans encore, et vous m'en direz des nouvelles.

Si vous me promettiez de tenir votre langue, je vous conterois........ mais non; car vous iriez tout dire, et je suis averti ; je vous conterois nos élections, comment tout cela s'est passé, la messe du Saint-Esprit, le noble pair et son urne, le club des gentilhommes, l'embarras du préfet, et d'autres choses non moins utiles à savoir qu'agréables ; mais quoi? vous ne pouvez rien taire ; un peu de discrétion est bien rare aujourd'hui. Les gens crèveroient plutôt que de ne point jaser, et vous tout le premier. Vous ne saurez rien cette fois ; pas un mot, nulle nouvelle ; pour vous punir, je veux ne vous rien dire, si je puis.

Oui par ma foi, c'étoit une chose curieuse à voir. Figurez-vous sur une estrade un homme tout brillant de crachats, devant lui une table, et sur la table une urne. Si vous me demandez ce que c'est que cette urne ; cela m'avoit tout l'air d'une boîte de sapin. L'homme, c'étoit le président, comte Villemanzy, noble pair, dont le père n'étoit ni pair ni noble ; mais procureur fiscal, ou quelque chose d'approchant. Je note ceci pour vous qui aimez la nouvelle noblesse. Jadis Larochefoucault étoit de votre avis, il la vouloit toute neuve ; neuve elle se vendoit alors ; elle valoit mieux. La vieille ne se vendoit pas. Pour moi ce m'est tout un, l'ancienne, la nouvelle, la Tremouille ou Godin, Rohan ou Ravigot, j'en donne le choix pour une épingle.

Il tira de sa poche une longue écriture (c'est le président que je dis), et lut : *Le Roi tout seul pouvoit faire les loix ; il en avoit le droit et la pleine puissance. Mais par un rare exemple de bonté paternelle, il veut bien prendre notre avis*. Je n'entendis pas le reste ; on cria vive le Roi, les princes, les princesses et le duc de Bordeaux. Puis le président se lève. Nous étions au parterre quelque deux cent cinquante, choisis par le préfet pour en choisir d'autres qui doivent lui demander des comptes. Le président debout nous donna des billets sur lesquels chacun de nous devoit écrire deux noms ; mais il fallut jurer d'abord. Nous jurâmes tous. Nous levâmes la main de la meilleure grace du monde et en gens exercés. Puis, nos billets remplis, le président les reprenoit avec le doigt index et le pouce seulement, ses manchettes retroussées, les remettoit dans la boîte d'où nous vîmes sortir un ultra royaliste et un ministériel.

Sans être son compère, j'avois parié pour cela et deviné d'abord ce qui devoit sortir de la boîte ou de l'urne, par un raisonnement tout simple, et le voici. Nous étions trois sortes de gens appelés là par le préfet. Gens de droite, aisés à compter; gens de gauche, aussi peu nombreux, et gens du milieu à foison, qui, se tournant d'un côté font le gain de la partie, et se tournent toujours du côté où l'on mange. Or, en arrivant, je sçus que tous ceux de la droite dînoient chez le préfet ou chez l'homme aux crachats avec ceux du milieu, et que ceux de la gauche ne dînoient nulle part. J'en conclus aussitôt que leur affaire étoit faite, qu'ils perdroient la partie et payeroient le dîner dont ils ne mangeoient pas; je ne me suis point trompé.

J'étois là le plus petit des grands propriétaires, ne sçachant où me placer parmi tant d'honnêtes gens qui payoient plus que moi, quand je trouvai, devinez qui? Cadet Roussel, vieille connoissance, à qui je dis en l'abordant: Qu'as-tu Cadet? puis je me repris : Qu'avez-vous, M. de Cadet? (car c'est sa nouvelle fantaisie de mettre un *de* avec son nom, depuis qu'il est éligible et maire de sa commune), je vous vois soucieux, inquiet. Ce n'est pas sans sujet, me dit-il. J'ai trois maisons, comme vous sçavez;

l'une est celle de mon père, où je n'habite plus; l'autre appartenoit ci-devant à M. le marquis de... chose, qui s'en alla, je ne sçais pourquoi, dans le temps de la révolution. J'achetai sa maison pendant qu'il voyageoit. C'est celle où je demeure et me trouve fort bien. La troisième appartenoit à Dieu, et de même je m'en suis accommodé. Je viens de voir là bas, vers la droite, des gens qui parloient de restituer, et disoient que de mes trois maisons la dernière doit retourner à Dieu, les deux autres pourroient servir à récomposer une grande propriété pour le marquis. A ce compte, je n'aurois plus de maison. Je vous avoue que cela m'a donné à penser. C'est dommage pour vous, lui dis-je, que d'autres comme vous, peu amis de la restitution, ne se trouvent point ici. On ne les a pas invités, et je m'étonne de vous y voir. Ah, me dit-il ! c'est que je pense bien. Je ne pense point comme la canaille. Je vois la haute société, ou je la verrai bientôt du moins, car mon fils me doit présenter chez ses parents. — Qui ? quels parents ? — Eh oui, mon fils de la Rousselière se marie, ne le sçavez vous point ? il épouse une fille d'une famille.... Ah ! il sera dans peu quelque chose. J'espère par son moyen arranger tout. — J'entends, vous voudriez par son moyen voir la haute société et ne point restituer. — Justement. — Garder l'hôtel de *chose* et y recevoir le marquis ? — C'est cela. — Vous aurez de la peine.

Comme je regardois curieusement partout, j'aperçus Germain dans un coin, parlant à quelques-uns de la gauche ; il sembloit s'animer, et m'approchant, je vis qu'il s'agissoit entre eux de ce qu'on devoit écrire sur ces petits billets. Ecrivez, disoit-il, écrivez le bonhomme Paul, qui demeure là haut sur le côteau du Cher. Il n'est pas jacobin, mais il ne veut point du tout qu'on pende les jacobins ; il n'aime pas Bonaparte, mais il ne veut point qu'on emprisonne les bonapartistes, nommez-le, croyez-moi. Il sçait écrire, parler ; il vous defendra bien ; vous êtes sûrs au moins qu'il ne vous vendra pas ; c'est quelque chose à présent. Non, répondirent-ils, ce Paul n'est pas des nôtres. Il en sera bientôt, reprit Germain, car on l'a vu toujours du parti opprimé. Aristocrate sous Robespierre, libéral en 1815, il va être pour vous, et ne vous renoncera que quand vous serez forts, c'est-à-dire, insolents. — Non, nous voulons des nôtres. — Mais personne n'en veut ; vous allez être seuls, et que pensez-vous faire? — Rien, nous voulons ceux-là. Ils ne sçavent pas grand chose et sont peut-être un peu sujets à caution. Mais ce sont nos compères, et Paul, dont vous parlez, n'est compère de personne. Germain à ce discours : Mes amis, leur dit-il, je crois que vous serez pendus vous et les vôtres, oui, pendus à vos pruniers, et j'aurai le plaisir d'y avoir contribué. Car je vais de ce pas me joindre à Messieurs de droite et voter avec eux. Que me faut-il à moi? culbuter les ministres; pour cela les ultra sont aussi bons que d'autres, sinon meilleurs. Adieu.

Je voulois passer avec lui du côté des honnêtes gens. Mais en chemin je trouvai des ministériels, qui parloient de *places* et disoient : Il n'y en a point qui soit sûre. Comme j'entends un peu la fortification, je m'arrêtai à les écouter. Il n'y en a pas une, disoient-ils, sur laquelle on puisse compter. C'est sans doute, leur dis-je, que les remparts ne sont pas bien entretenus, ou faute d'approvisionnement? Ils me regardoient étonnés. Oui, reprit un d'eux, que je meure s'il y a une place à présent, qu'aucune compagnie d'assurance voulût garantir pour un mois. Cependant, leur dis-je, il me semble qu'avec de grandes demi-lunes, des fronts en ligne droite et un bon défilement, on doit tenir un certain temps. Ils me regardèrent plus surpris que la première fois, et le même homme continua : Ma foi, vu leur peu de sûreté, les places aujourd'hui ne valent pas grand chose. Vous voulez dire, lui répliquai-je, que les meilleures ont été livrées à l'ennemi.

Comme je semblois les gêner, je m'en allai, fâché de quitter cette conversation, et plus loin je rencontrai l'honnête procureur, qui passe pour mener tout le parti noble ici. C'est Calas, ou Colas qu'on le nomme, je crois, garçon d'un vrai mérite. Avez-vous remarqué que depuis quelque temps les nobles nulle part ne font rien, s'ils ne sont menés pas des vilains ? Qu'est-ce que Laîné, de Villèle, Ravez, Donadieu, Martainville, sinon les chefs de la noblesse, et tous vilains ? sans eux, que deviendroit le parti des puissances étrangères, réduit à M. de Marcellus ? et chez ces puissances, qu'auroit fait la noblesse allemande, si les vilains ne l'eussent entraînée contre l'armée de Bonaparte, qui elle-même alla très-bien, étant menée par des vilains, mal aussitôt qu'elle fut commandée par des nobles ; autre point à noter. Mais où en étions-nous? à Colas, procureur et chef de la noblesse. Je suis content, disoit-il, oui, je suis fort content de M. de Duras, il a du caractère, et je n'aurois pas cru qu'un gentilhomme, un duc..., aussi, l'ai-je fait président de notre club des carmélites, club d'honnêtes gens; nous nous assemblâmes hier, lui président, moi secrétaire; nous avons tous prêté serment entre les mains de M. le duc. Ils ont juré foi de gentilhomme, moi foi de procureur, et j'ai fait le procès-verbal de la séance. Mais le bon de l'affaire, c'est que le préfet s'est avisé d'y trouver à redire. Là dessus nous l'avons mené de la belle manière, et M. de Duras a montré ce qu'il est: Monsieur, lui a-t-il dit, je vous défends au nom de mon gouvernement de vous mêler des élections. Voilà parler cela, et voilà ce que c'est que de la fermeté. Le pauvre préfet n'a sçu que dire. Je vous assure, moi, que la noblesse a du bon et fera quelque chose, Dieu aidant, avec les puissances étrangères. Tout cela ne demande qu'à être un peu conduit, et j'en fais mon affaire.

Il continua et je l'écoutois avec grand plaisir, quand le président m'appelant, me donna un de ces billets où il falloit écrire deux noms. Pour moi, j'y voulois mettre Aristide et Caton. Mais on me dit qu'ils n'étoient pas sur la liste des éligibles. J'écrivis Bignon, et un autre; Bignon, vous le connoissez, je crois, celui qui ne veut pas qu'on proscrive; et je m'en allai comme j'étois venu, à travers les gendarmes.

Je voudrois bien répondre à ce Monsieur du journal. Car, comme vous savez, j'aime assez causer. Je me fais tout à tous et ne dédaigne personne; mais je le crois fâché. Il m'appelle jacobin, révolutionnaire, plagiaire, voleur, empoisonneur, faussaire, pestiferé ou pestifère, enragé, imposteur, calomniateur, libelliste, homme horrible, ordurier, grimacier, chiffonnier. *C'est tout, si j'ai mémoire*. Je vois ce qu'il veut dire, il entend que lui et moi sommes d'avis différent; peut-être se trompe-t-il.

Il aime les ministres, et moi aussi je les aime, je leur suis trop obligé pour ne pas les aimer. Jamais je n'ai eu recours à eux qu'ils ne m'ayent rendu bonne et prompte justice. Ils m'ont tiré trois fois des mains de leurs agents. C'est bien, si vous voulez un peu ce que ce romain appeloit *beneficium latronis, non occidere*. Mais enfin c'est *beneficium*. Et quand tout le monde est larron, le meilleur est celui qui ne tue pas.

J'aime bien mieux les ministres que Messieurs les jurés nommés par le préfet, mieux que les électeurs choisis par le préfet, beaucoup mieux que mes juges qu'on appelle naturels, et dont je n'ai jamais pu obtenir une sentence qui eût le moindre air d'équité. J'aime cent fois mieux le gouvernement ministériel qu'un jeu, une piperie, une ombre de gouvernement rimant en *el*; je suis plus ministériel que Monsieur du journal, et *si* je le suis gratis.

Il dit que nous sommes libres, et j'en dis tout autant; nous sommes libres, comme on l'est la veille d'aller en prison. Nous vivons à l'aise, ajoute-t-il, et rien ne nous gêne à présent. Je sens ce bonheur et j'en jouis comme faisoit Arlequin, dit-on, qui, tombant du haut d'un clocher, se trouvoit assez bien en l'air, avant de toucher le pavé.

Il n'est que de s'entendre. Cet homme-là et moi sommes quasi d'accord, et ne nous en doutions pas. Il se plaint de mon langage. Hélas! je n'en suis pas plus content que lui. Mon style lui déplaît; il trouve ma phrase obscure, confuse, embarrassée. Oh! qu'il a raison, selon moi! Il ne sçauroit dire tant de mal de ma façon de m'exprimer que je n'en pense davantage, ni maudire plus que je ne fais la foiblesse, l'insuffisance des termes que j'employe. Autant la plupart s'étudient à déguiser leur pensée, autant il me fâche de sçavoir si peu mettre la mienne au jour. Ah! si ma langue pouvoit dire ce que mon esprit voit, si je pouvois montrer aux hommes le vrai qui me frappe les yeux, leur faire détourner la vue des fausses grandeurs qu'ils poursuivent, et regarder la liberté, tous l'aimeroient, la désireroient. Ils connoîtroient en rougissant, qu'on ne gagne rien à dominer, qu'il n'est tyran qui n'obéisse, ni maître qui ne soit esclave, et perdant la funeste envie de s'opprimer les uns les autres, ils voudroient vivre et laisser vivre. S'il m'étoit donné d'exprimer, comme je le sens, ce que c'est que l'indépendance, Decazes reprendroit la charrue de son père, et le Roi, pour avoir des ministres, seroit obligé d'en requérir, ou de faire faire ce service à tour de rôle par corvée, sous peine d'amende et de prison.

Sur les injures je me tais : il en sçait plus que moi; je n'aurois pas beau jeu. Mais il m'appelle *loustic*, et c'est là-dessus que je le prends. Il dit, et croit bien dire, parlant de moi, *le loustic du parti national*, et fait là une faute, sans s'en douter, le bonhomme! Ce mot est étranger. Lorsqu'on prend le mot des puissances étrangères, il ne faut pas le changer. Les puissances étrangères disent *loustig*, non *loustic*, et je crois même qu'il ignore ce que c'est que le *loustig* dans un régiment *Teutsche*. C'est le plaisant, le jovial qui amuse tout le monde, et fait rire le régiment, je veux dire les soldats et les bas-officiers ; car tout le reste est noble, et comme de raison, rit à part. Dans une marche, quand le loustig a ri, toute la colonne rit et demande : Qu'a-t-il dit? Ce ne doit pas être un sot. Pour faire rire des gens qui reçoivent des coups de bâton, des coups de plat de sabre, il faut quelque talent, et plus d'un journaliste y seroit embarrassé. Le *loustig* les distrait, les amuse, les empêche quelquefois de se pendre, ne pouvant déserter, les console un moment de la *schlague*, du pain noir, des fers, de l'insolence des nobles officiers. Est - ce là l'emploi qu'on me donne ? Je vais avoir de la besogne. Mais quoi ? j'y ferai de mon mieux. Si nous ne rions encore, quoiqu'il puisse arriver, il ne tiendra pas à moi; car j'ai toujours été de l'avis du chancelier Thomas Morus : Ne faire rien contre la conscience, et rire jusqu'à l'échafaud inclusivement. Comme cet emploi d'ailleurs n'a point de traitement, ni ne dépend des ministres, je m'en accommode d'autant mieux.

Tout cela ne sëroit rien, et je prendrois patience sur les noms qu'il me donne. Mais voici pis que des injures. Il me menace du sabre, non du sien, je ne sçais même s'il en a un, mais de celui du soldat. Ecoutez bien ceci : Quand le soldat, dit-il (faites attention; chaque mot est officiel, approuvé des censeurs), quand le soldat voit ces gens qui n'aiment pas les hautes classes, les classes à privilège, il met d'abord la main sur la garde de son sabre. *Tudieu, ce ne sont pas des prunes que cela.* Le chiffonnier valoit mieux. On ne me sabre pas encore comme vous voyez ; mais on tardera peu ; on n'attend que le signal du noble qui commande. Profitons de ce moment ; je quitte mon journaliste et je vais au soldat. Camarade, lui dis-je. Il me regarde à ce mot : Ah ! c'est vous, bonhomme Paul. Comment se portent mon père, ma mère, ma sœur, mes frères et tous nos bons voisins ? Ah ! Paul, où est le temps que je vivois avec eux et vous, vous souvient-il ? labourant mon champ près du vôtre. Combien ne m'avez-vous pas de fois prêté vos bœufs lorsque les miens étoient las? Aussi vous aidois-je à semer, ou serrer vos gerbes, quand le temps menaçoit d'orage. Ah! bonhomme, si jamais..... Comptez que vous me reverrez. Dites à mes bons parents qu'ils me reverront, si je ne meurs. — Tu n'as donc point, lui dis-je, oublié tes parents. — Non plus que le premier jour. — Ni ton pays? — Oh! non. Pays de mon enfance! terre qui m'as vu naître! — Mon ami, tu es triste. Tu te promènes seul; tu fuis tes camarades; tu as le mal du pays. — Nous l'avons tous, bonhomme Paul.

Touché de pitié, je m'assieds et il continue : Vous savez, père Paul, comment je vivois chez nous, toujours travaillant, labourant ou façonnant ma vigne, et chantant la vendange ou le dernier sillon; attendant le dimanche pour faire danser ma Sylvine aux *assemblées* de Veretz ou de Saint-Avertin. On m'a ôté de là; pourquoi? pour escorter la procession, ou bien prendre les armes lorsque le bon Dieu passe. On m'apprend la charge en douze temps. A quoi bon? Pour quelle guerre? On s'y prend de manière à n'avoir jamais de querelle avec les puissances étrangères. Pourquoi donc charger l'arme, et sur qui faire feu? Je sers; mais à quoi sers-je? A rien, bonhomme Paul. Tout cela nous ennuie et nous fait regretter le pays dans nos casernes. Ah! Veretz, ah! Sylvine! ah! mes bœufs, mes beaux bœufs! Fauveau à la raie noire, et l'autre qui avoit une étoile sur le front! Vous en souvient-il, bonhomme Paul?

Là-dessus, sans répondre, je lui glisse ce mot: Sçaîs-tu bien ce qu'on m'a dit de toi? Mais je n'en crois rien. Je me suis laissé dire que tu voulois nous sabrer.—Moi, vous sabrer, bonhomme! Quiconque vous l'a dit est un...... — Oui, mon ami, c'est un gazetier censuré.

Mais que fais-tu? Comment te trouves-tu à ton régiment? Es-tu content, dis-moi, de tes chefs? — Fort content, bonhomme, je vous jure. Nos sergents et nos caporaux sont les meilleures gens du monde. Voilà là-bas Francisque, notre sergent-major, brave soldat, bon enfant; il a fait les campagnes d'Egypte et de Russie, et il fait aujourd'hui sa première communion. — Tout de bon?— Oui vraiment; c'est aujourd'hui le numéro cinq, demain ce sera le numéro six. — Comment? que veux-tu dire? — Nous communions par numéros de compagnie, la droite en tête.— Fort bien. Tes officiers?— Mes officiers ? Ma foi, je ne les connois guères. Nous les voyons à la parade. Nous autres soldats, bonhomme Paul, nous ne connaissons que nos sergents. Ils vivent avec nous; ils logent avec nous; ils nous mènent à vêpres.— En vérité ? Cependant, tu dois sçavoir, mon cher, si ton capitaine te veut du bien. — Notre capitaine n'a pas rejoint; nous ne l'avons jamais vu. Il prêche les missions dans le midi.—Bon ! Mais ton colonel ? — Oh ! celui-là nous l'aimons tous. C'est un joli garçon, bien tourné, fait à peindre, bel homme en uniforme, jeune; il est né peu de temps avant l'émigration. — Dis-moi : il a servi ? — Oh ! oui; en Angleterre il a servi la messe; et il y paroît bien, car il aime toujours l'Angleterre et la messe.

— A ce que je puis voir, tu ne te soucies point de rester au régiment, de suivre jusqu'au bout la carrière militaire. — Où me mèneroit-elle ? Sergent après vingt ans, la belle perspective ! — Mais par la loi Gouvion, ne peux-tu pas aussi devenir officier ? — Ah ! officier de fortune ! Si vous sçaviez ce que c'est ! J'aime mieux labourer et mener bien ma charrue, que d'être ici lieutenant mal mené par les nobles. Adieu, bonhomme Paul; la retraite m'appelle.

BIBLIOTHÈQUE NATIONALE R.F. IMPRIMÉS

Au revoir, mon bonhomme. — Au revoir, mon ami.

A quatre pas de là, je trouve le seigneur du fief de Haubert, et je lui dis : Mon gentilhomme, vous n'aurez jamais ces gens-là. — Pourquoi, s'il vous plaît ? — C'est qu'ils ont tâté de l'avancement. Vous voulez toutes les places, mais surtout vous voulez toutes les places d'officiers, et vous avez raison ; car sans cela point de noblesse. Eux veulent avancer. Le marquis aura beau faire, c'est une fantaisie qu'il ne leur ôtera pas. Je ne vois guères moyen de vous accommoder. M. Quatremère de Quincy, bourgeois de Paris, vous accordera ce que vous voudrez ; privilèges, pensions, traitements, et la restitution, et la substitution, et la grande propriété. Vous le gagnerez aisément en l'appelant mon cher ami, et lui serrant la main quelquefois. Mais les soldats ne se payent point de cette monnoie. Pour lui l'ancien régime est une chose admirable, c'est le temps des belles manières ; mais pour les soldats c'est le temps des coups de bâton. Vous ne les ferez pas aisément consentir à rétrograder jusque-là. Puis le public est pour eux. On sçait qu'un bon soldat est un bon officier et un bon général, tant qu'il ne se fait point gentilhomme. On ne le sçavoit pas autrefois. En un mot comme en cent, je vous le dis, M. le vicomte, vous n'aurez jamais en ce pays une armée à vous. — Nous aurons les gendarmes et le procureur du Roi. C'est assez pour vous faire pendre.—Oui, mais ce n'est pas assez pour ce que vous voulez.

COURIER.

P.S. M. le Tissier, le dernier de nos députés (j'entends dernier nommé) nous assure, par une circulaire, qu'il a de la vertu plus que nous ne croyons. Il n'acceptera, nous dit-il, ni places, ni titres, ni argent. Beau sacrifice! car sans doute on ne manquera pas de lui tout offrir. Ses talents oratoires, ses rares connoissances, sa grande réputation vont lui donner une influence prodigieuse sur l'assemblée des députés de la nation. Les ministres tenteront tout pour s'acquérir un homme comme M. le Tissier; mais leurs avances seront perdues, il n'acceptera rien, dit-il, quand on voudroit le faire gentilhomme et le mettre à la garderobe.

On va ici couper le cou à un pauvre diable pour tentative d'homicide. Il se plaint et dit à ses juges : Supposons qu'en effet j'aie voulu tuer un homme. Vous connoissez des gens qui ont tenté de faire tuer la moitié de la France par les puissances étrangères. Ils vouloient de l'argent, moi aussi. Le cas est tout pareil. Vous n'avez contre moi que des preuves douteuses ; vous avez leurs notes secrètes signées d'eux ; vous me coupez le cou, et vous leur faites la révérence.

Je lis avec grand plaisir les mémoires de Montluc. C'est un homme admirable, il raconte des choses ! par exemple ceci : Un jour il avoit pris quinze cents huguenots, et ne sachant qu'en faire, il écrit à la cour. Le roi lui mande de les bien traiter. La reine lui fait dire de les tuer. Le roi, qui alors négocioit avec leur parti, se flattoit d'un accommodement. Mais la reine mère ne vouloit point d'accommodement. Voilà le bon maréchal en peine entre deux ordres si contraires. Enfin il se décide. Je crus, dit-il, ne pouvoir faillir en obéissant à la reine. Je tuai mes huguenots et fis bien ; car le traité manqua, la guerre continua et la reine me sçut gré de tout. Ce livre est plein de traits pareils. Mais pour en entendre la fin, il faut sçavoir l'histoire du temps. Il y avoit en France alors deux gouvernements.

Est-il donc vrai que les notes secrètes ne sçavent plus où s'adresser et que tout se brouille là-bas. Leurs excellences européennes veulent, dit-on, se couper la gorge; l'Anglois défie l'Allemand. Celui-ci, plus rusé, lui joue d'un tour de diplomate, gagne le postillon de milord qui verse sa Grace dans un trou, pensant bien lui rompre le cou. Mais l'Anglois roule jusqu'au fond sans s'éveiller et cuve son vin ; puis, sorti de là, demande raison. Voilà les contes qu'on nous fait, et nous écoutons tout cela. Que vous êtes heureux à Paris de sçavoir ce qui se passe, et de voir les choses de près, surtout la garderobe et Rapp dans ses fonctions. C'est là ce que je vous envie.

BIBLIOTHÈQUE ROYALE

www.ingramcontent.com/pod-product-compliance
Ingram Content Group UK Ltd.
Pitfield, Milton Keynes, MK11 3LW, UK
UKHW020541180726
13839UKWH00006B/2659

9 782329 170008